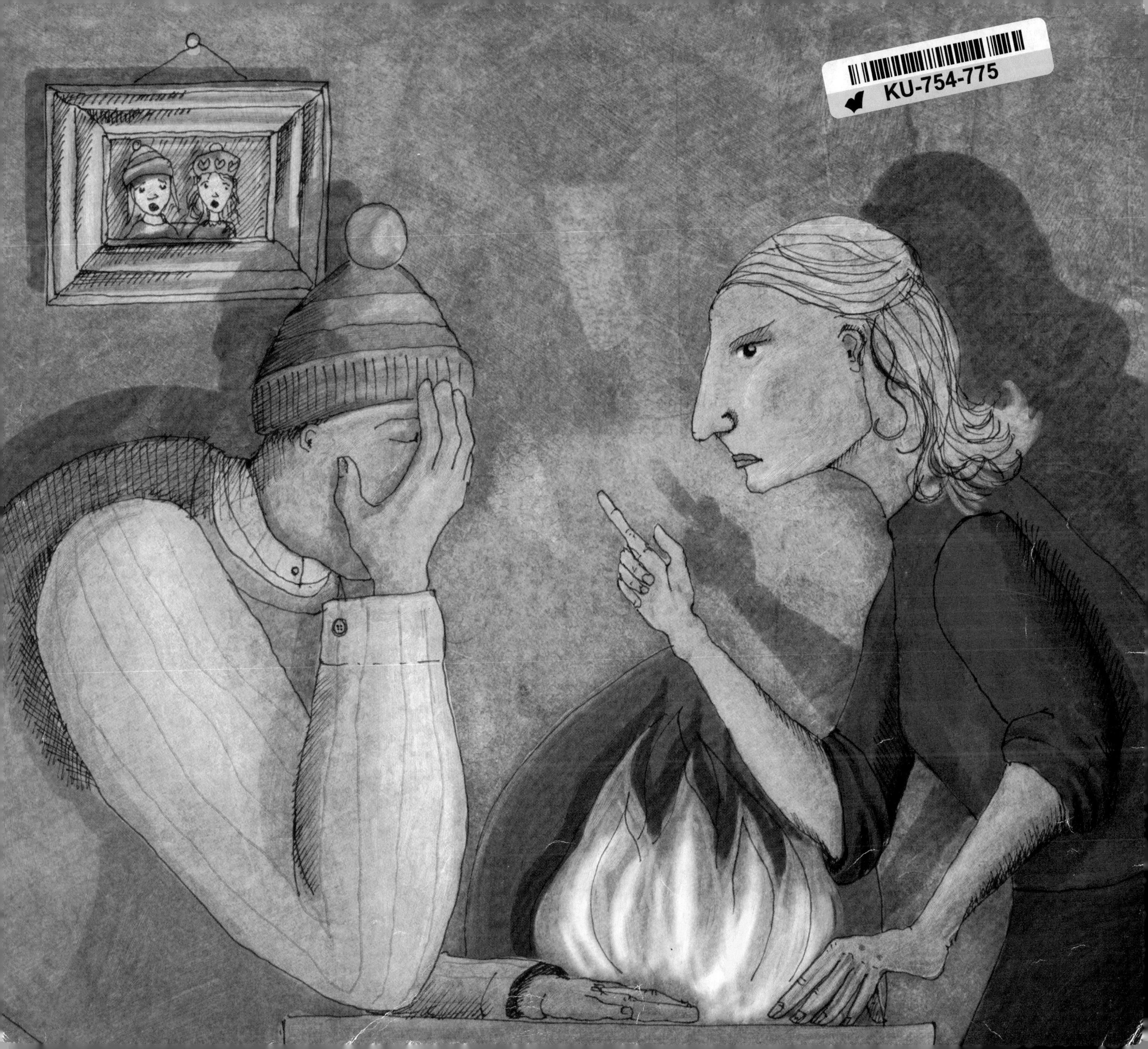

Ослабевшим от голода детям не спалось.
Они всё слышали, и Грета залилась горючими слезами.
«Не беспокойся, - сказал Ганс. - Мне кажется, я знаю, как нам спастись».
Он вышел на цыпочках в сад. Светила луна, и белые камешки на тропинке блестели,
как серебряные монеты. Ганс наполнил ими свои карманы и вернулся домой, чтобы
успокоить сестру.

The two children lay awake, restless and weak with hunger.
They had heard every word, and Gretel wept bitter tears.
"Don't worry," said Hansel, "I think I know how we can save ourselves."
He tiptoed out into the garden. Under the light of the moon, bright white pebbles shone like
silver coins on the pathway. Hansel filled his pockets with pebbles and returned to comfort
his sister.

Ганс и Грета

Hansel and Gretel

Retold by Manju Gregory
Illustrated by Jago

Russian translation by Dr. Lydia Buravova

Давным-давно жил-был бедный дровосек, у него была жена и двое детей. Мальчика звали Ганс, а девочку - Грета. В то самое время в краю был голод: стояла большая и ужасная засуха.

Однажды вечером отец повернулся к жене и вздохнул: «Мы доедаем последние крошки хлеба».

«Послушай меня, - сказала жена. - Отведём детей в лес и оставим их там. Они сами позаботятся о себе».

«Но их разорвут на части лесные звери!» - воскликнул он.

«Ты хочешь, чтобы мы все умерли?» - сказала она. И жена не оставила его в покое, пока он не согласился.

Once upon a time, long ago, there lived a poor woodcutter with his wife and two children. The boy's name was Hansel and his sister's, Gretel. At this time a great and terrible famine had spread throughout the land. One evening the father turned to his wife and sighed, "There is scarcely enough bread to feed us."

"Listen to me," said his wife. "We will take the children into the wood and leave them there. They can take care of themselves."

"But they could be torn apart by wild beasts!" he cried.
"Do you want us all to die?" she said. And the man's wife went on and on and on, until he agreed.

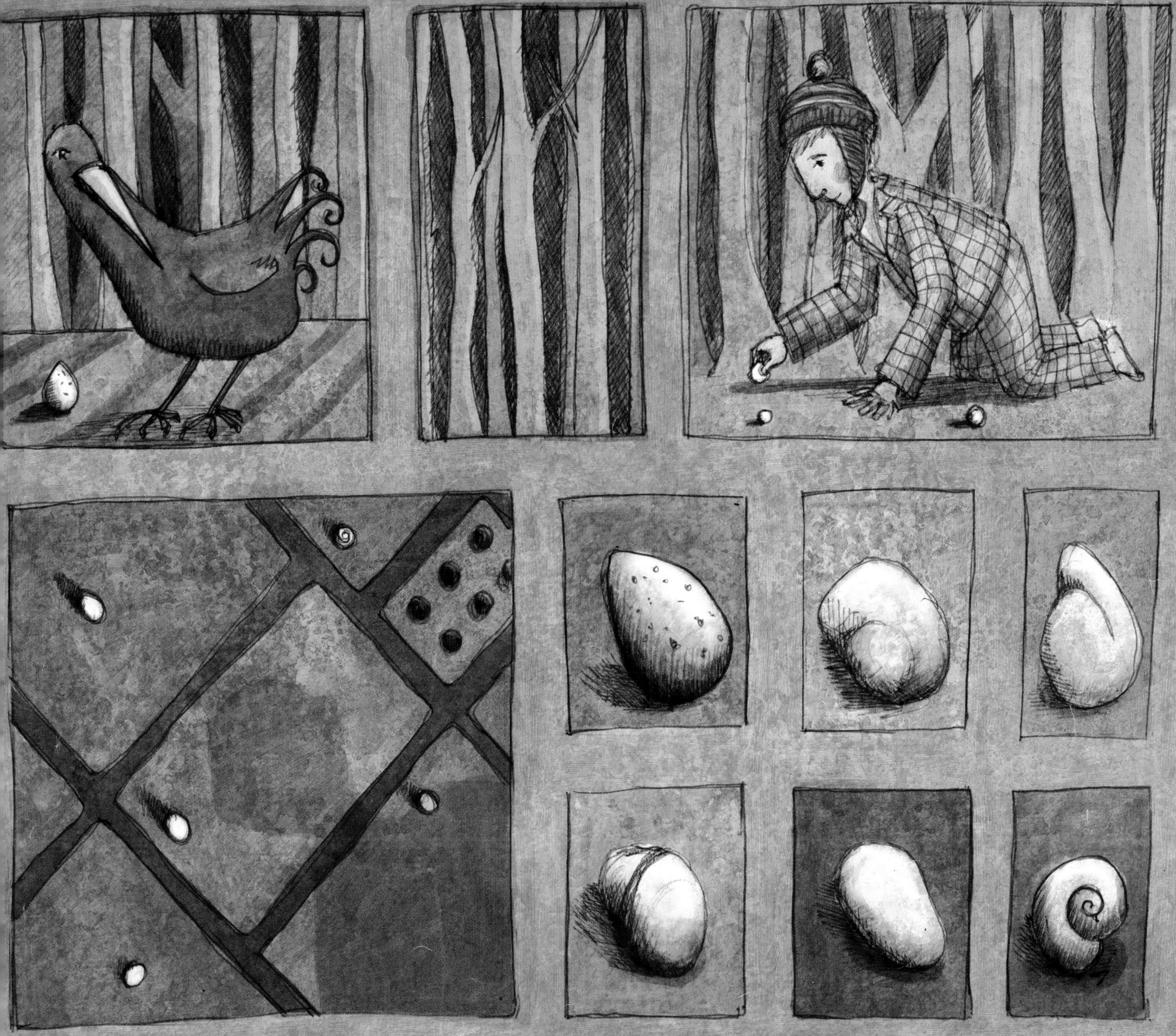

Рано утром, ещё до восхода солнца, мать разбудила Ганса и Грету.

«Вставайте, мы идём в лес. Вот вам каждому по куску хлеба, но не ешьте его весь сразу».

Все они отправились в путь-дорогу. Время от времени Ганс останавливался и смотрел в сторону дома.

«В чём дело?» - крикнул отец.

«Просто хочу помахать моему белому котику на крыше».

«Ты мелешь чепуху! - сказала мать. - Признайся, что врёшь. Это вовсе не кот, это просто труба блестит на солнце».

А Ганс тайком бросал белые камешки вдоль тропы, ведущей в лес.

Early next morning, even before sunrise, the mother shook Hansel and Gretel awake.

"Get up, we are going into the wood. Here's a piece of bread for each of you, but don't eat it all at once."

They all set off together. Hansel stopped every now and then and looked back towards his home.

"What are you doing?" shouted his father.

"Only waving goodbye to my little white cat who sits on the roof."

"Rubbish!" replied his mother. "Speak the truth. That is the morning sun shining on the chimney pot."

Secretly Hansel was dropping white pebbles along the pathway.

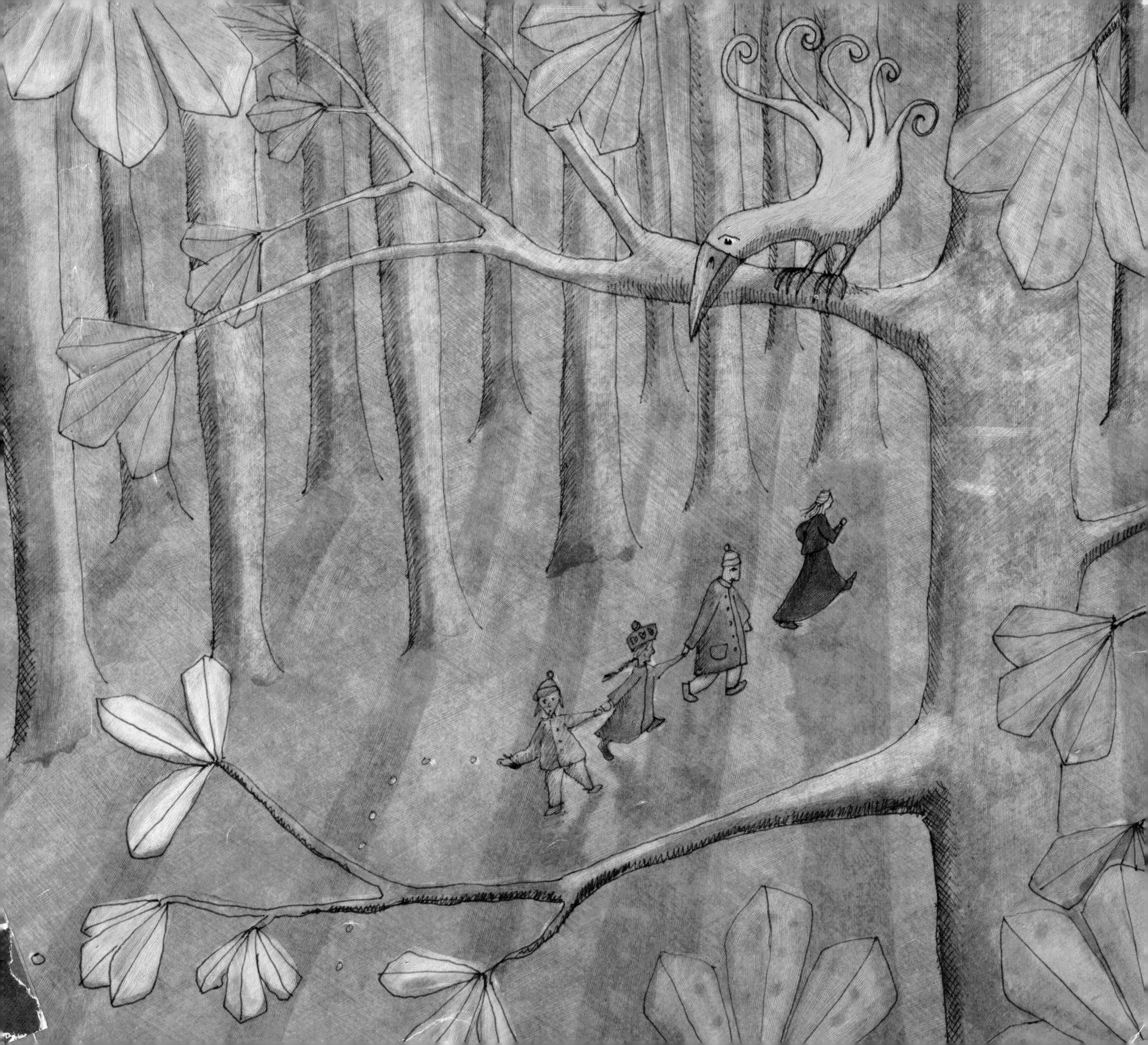

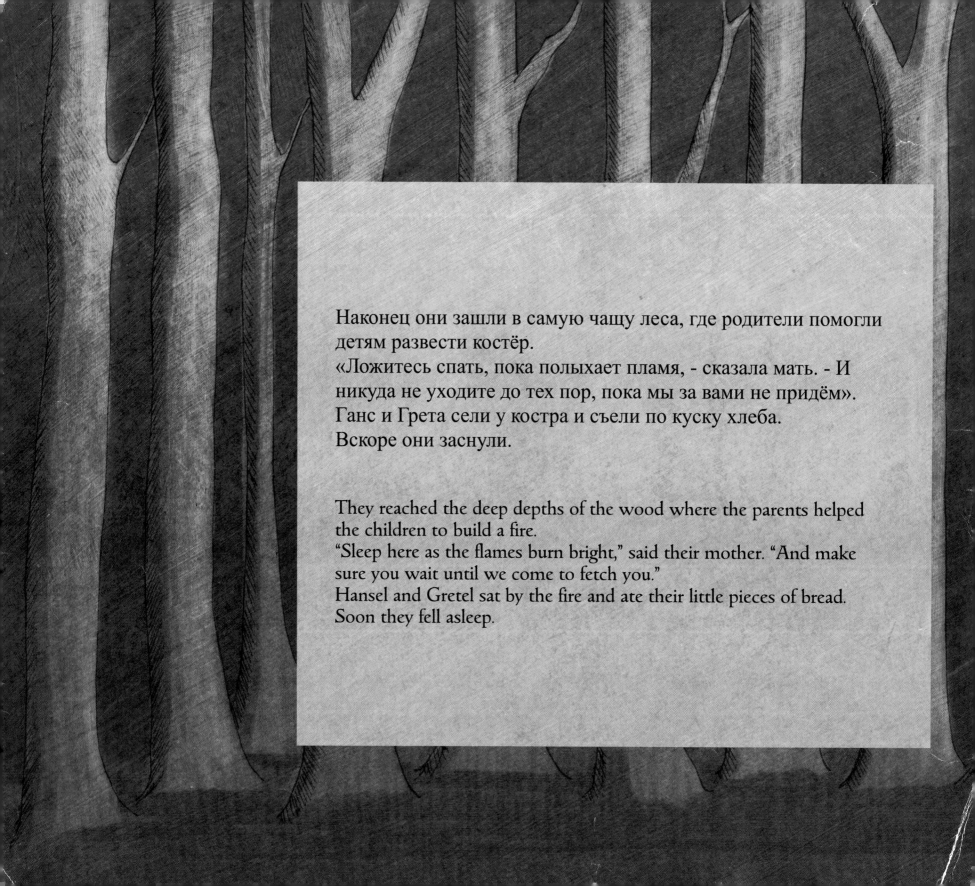

Наконец они зашли в самую чащу леса, где родители помогли детям развести костёр.

«Ложитесь спать, пока полыхает пламя, - сказала мать. - И никуда не уходите до тех пор, пока мы за вами не придём».

Ганс и Грета сели у костра и съели по куску хлеба.

Вскоре они заснули.

They reached the deep depths of the wood where the parents helped the children to build a fire.

"Sleep here as the flames burn bright," said their mother. "And make sure you wait until we come to fetch you."

Hansel and Gretel sat by the fire and ate their little pieces of bread.

Soon they fell asleep.

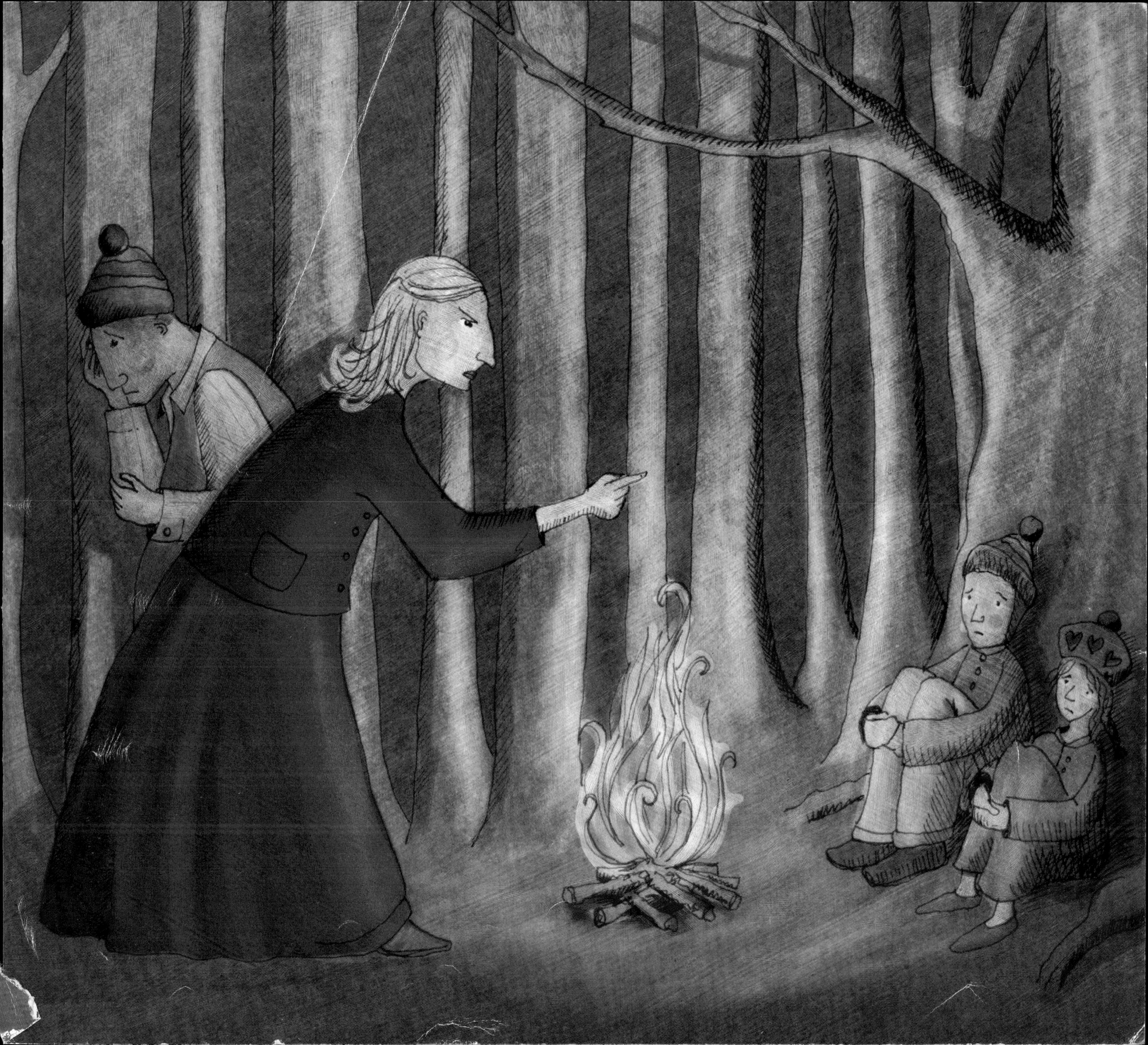

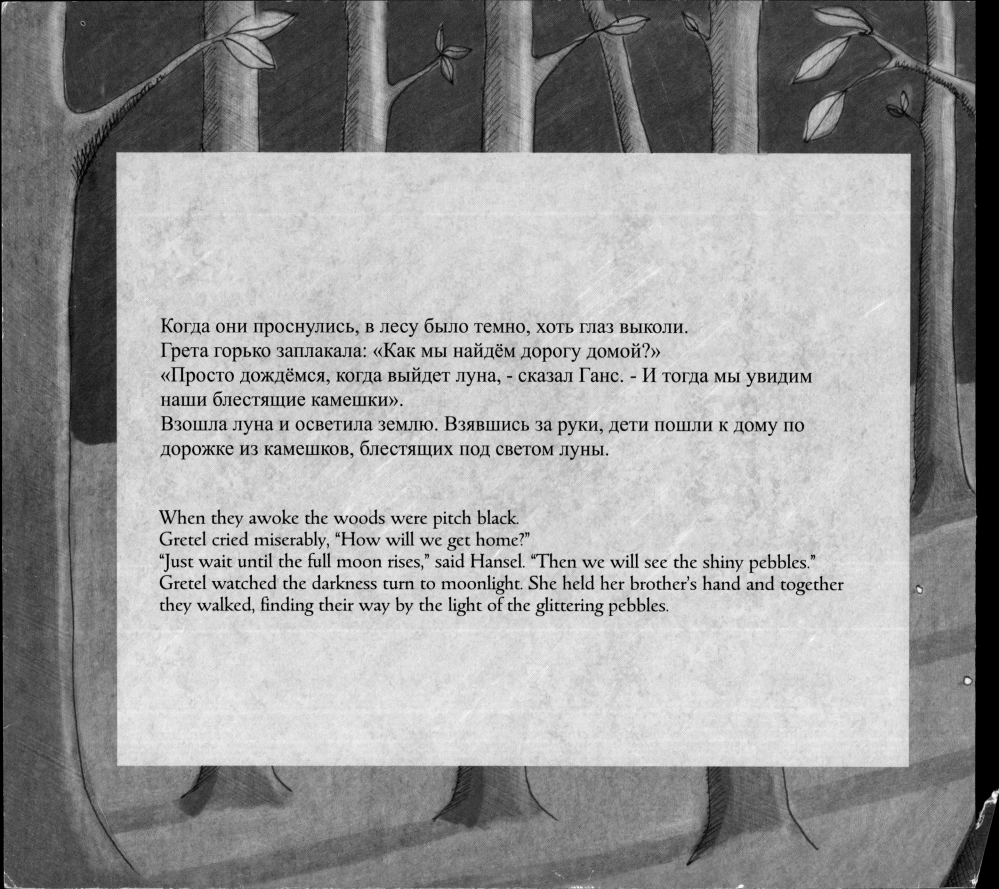

Когда они проснулись, в лесу было темно, хоть глаз выколи.

Грета горько заплакала: «Как мы найдём дорогу домой?»

«Просто дождёмся, когда выйдет луна, - сказал Ганс. - И тогда мы увидим наши блестящие камешки».

Взошла луна и осветила землю. Взявшись за руки, дети пошли к дому по дорожке из камешков, блестящих под светом луны.

When they awoke the woods were pitch black.

Gretel cried miserably, "How will we get home?"

"Just wait until the full moon rises," said Hansel. "Then we will see the shiny pebbles."

Gretel watched the darkness turn to moonlight. She held her brother's hand and together they walked, finding their way by the light of the glittering pebbles.

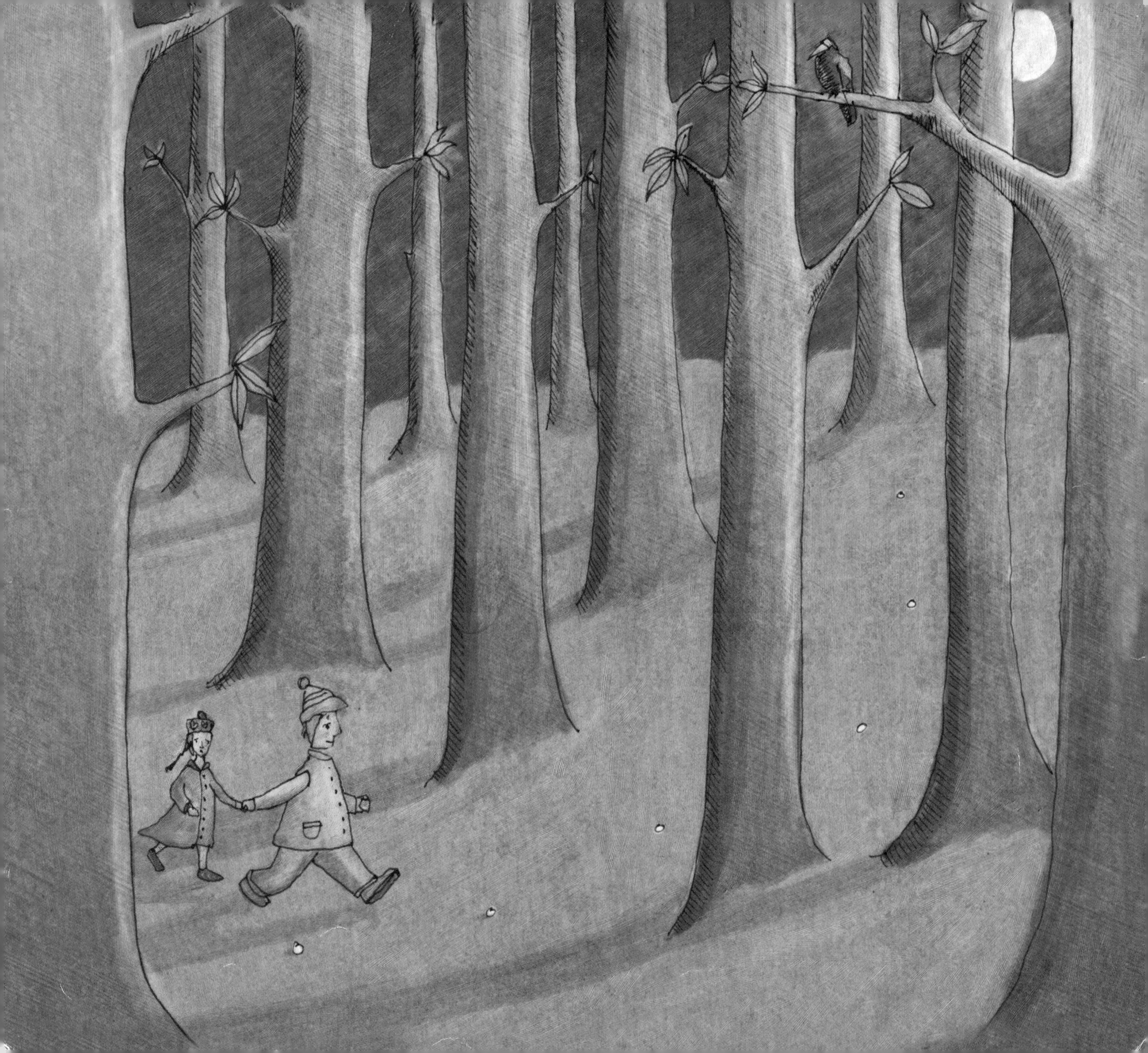

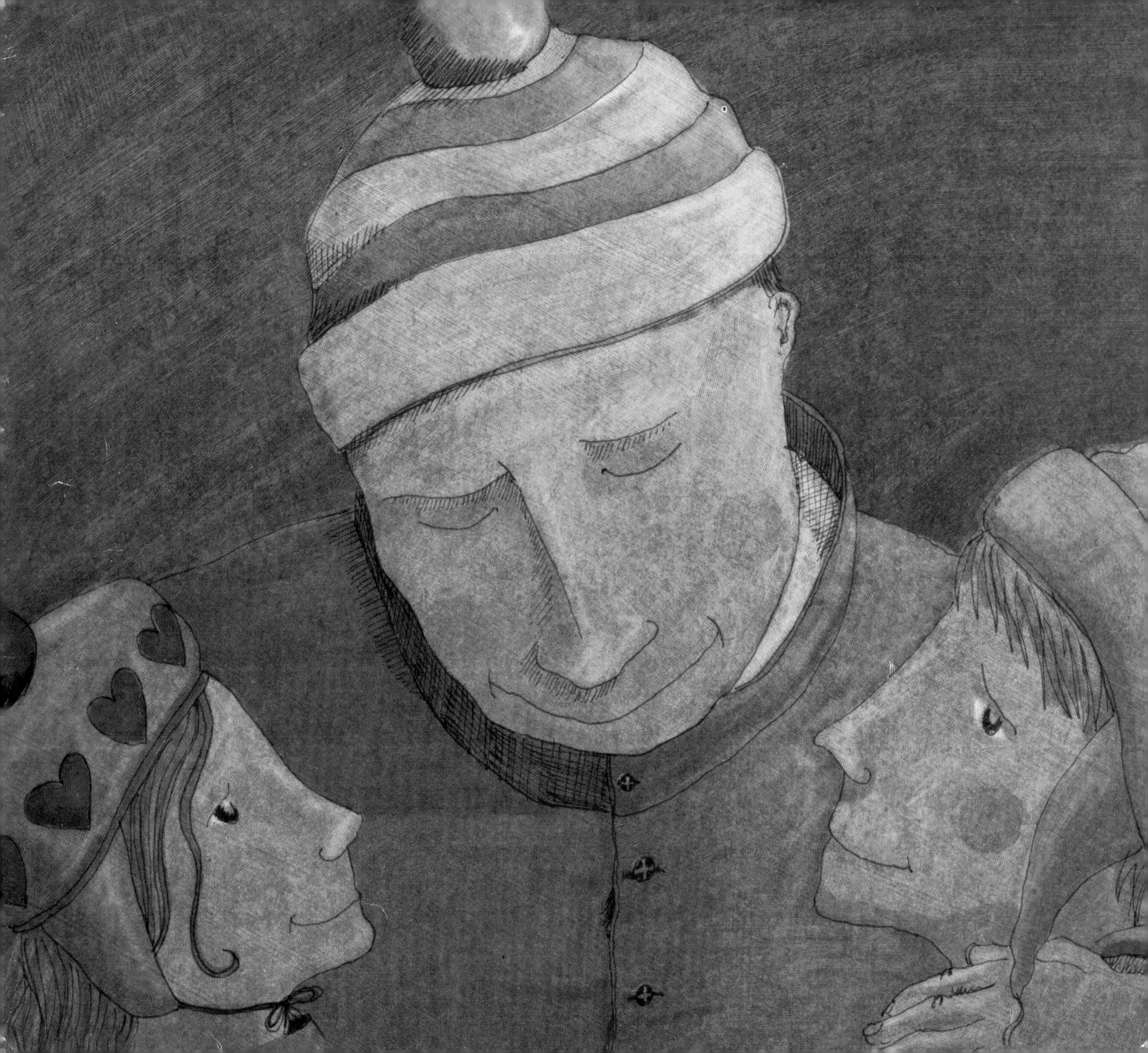

К утру они дошли до отчего дома.

Открыв дверь, мать закричала на них: «Вы проспали всё на свете! Куда вы запропастились?»

Она была вне себя от ярости, отец же был рад. Он ужасно не хотел оставлять их одних в лесу.

Прошло время. Еды, чтобы прокормить семью, всё равно не хватало.

Однажды ночью Ганс и Грета услышали, как их мать сказала: «Мы должны избавиться от детей. Мы отведём их ещё дальше в лес. На этот раз они не найдут дороги домой».

Ганс вылез из кровати, чтобы опять собрать камешков, но на этот раз дверь была заперта.

«Не плачь, - сказал он Грете. - Я что-нибудь придумаю. Ложись спать».

Towards morning they reached the woodcutter's cottage.

As she opened the door their mother yelled, "Why have you slept so long in the woods? I thought you were never coming home."

She was furious, but their father was happy. He had hated leaving them all alone.

Time passed. Still there was not enough food to feed the family.

One night Hansel and Gretel overheard their mother saying, "The children must go. We will take them further into the woods. This time they will not find their way out."

Hansel crept from his bed to collect pebbles again but this time the door was locked.

"Don't cry," he told Gretel. "I will think of something. Go to sleep now."

На следующий день детям дали на дорогу ещё меньше хлеба и отвели ещё дальше в чащобу леса, где они никогда не бывали. Ганс то и дело останавливался и бросал на землю крошки хлеба.

Родители опять разожгли костёр и уложили их спать. «Мы пойдем рубить дрова, а, когда закончим, вернемся за вами», - сказала мать.

Грета поделилась с Гансом хлебом; они ждали, ждали... Но никто не пришёл за ними. «Когда выйдет луна, мы увидим крошки хлеба и найдём дорогу домой», - сказал Ганс. Вышла луна, но крошек не было. Птицы и лесные звери съели все до одной.

The next day, with even smaller pieces of bread for their journey, the children were led to a place deep in the woods where they had never been before. Every now and then Hansel stopped and threw crumbs onto the ground.

Their parents lit a fire and told them to sleep. "We are going to cut wood, and will fetch you when the work is done," said their mother.

Gretel shared her bread with Hansel and they both waited and waited. But no one came. "When the moon rises we'll see the crumbs of bread and find our way home," said Hansel. The moon rose but the crumbs were gone. The birds and animals of the wood had eaten every one.

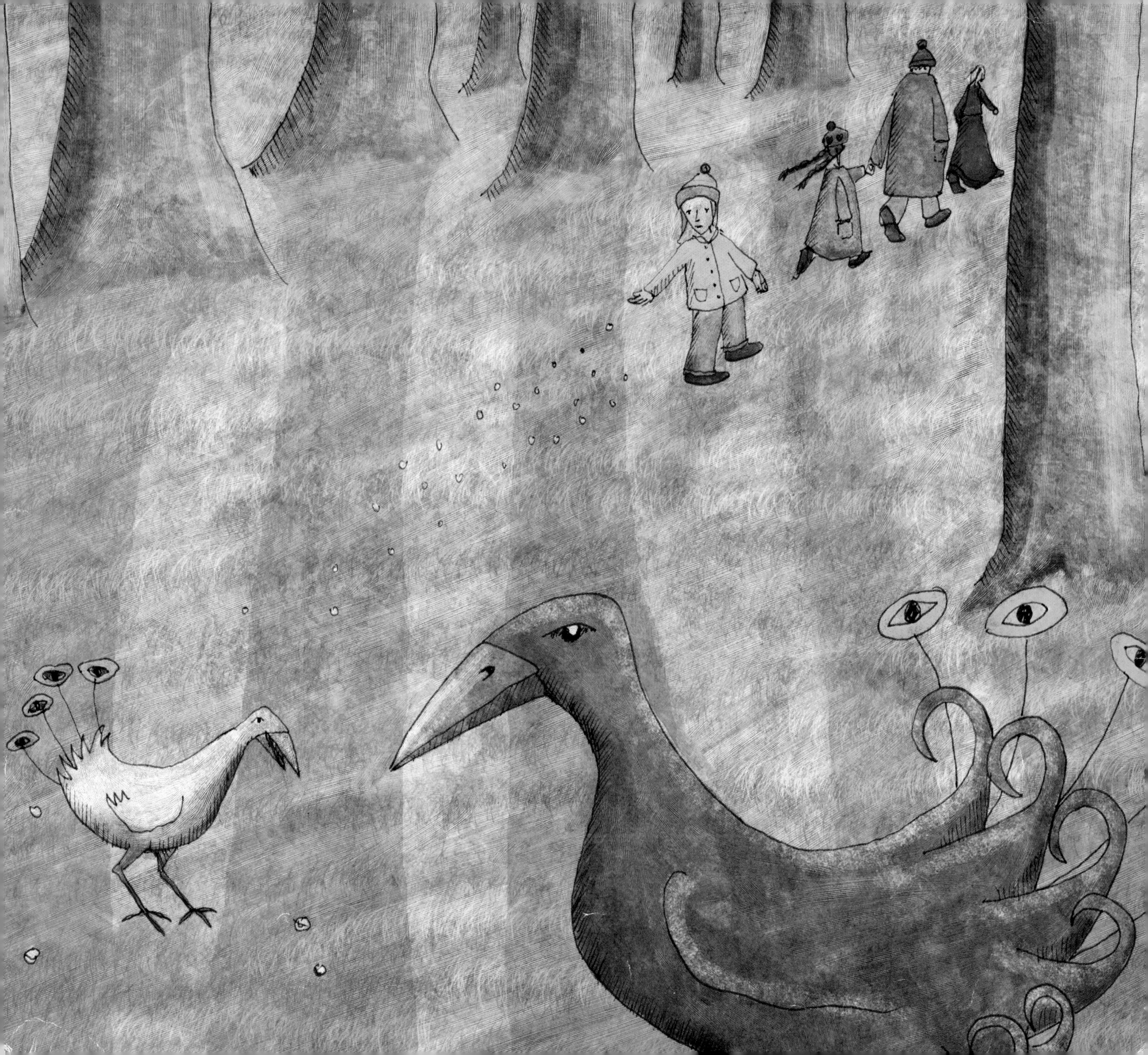

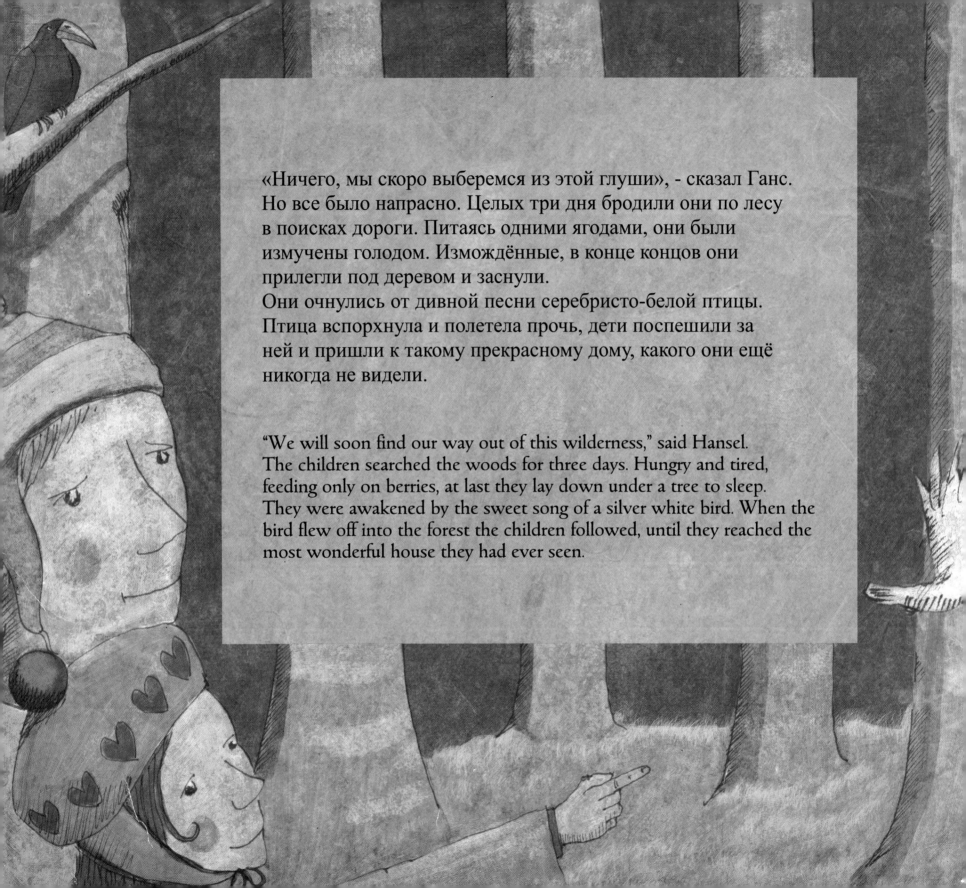

«Ничего, мы скоро выберемся из этой глуши», - сказал Ганс.
Но все было напрасно. Целых три дня бродили они по лесу
в поисках дороги. Питаясь одними ягодами, они были
измучены голодом. Измождённые, в конце концов они
прилегли под деревом и заснули.
Они очнулись от дивной песни серебристо-белой птицы.
Птица вспорхнула и полетела прочь, дети поспешили за
ней и пришли к такому прекрасному дому, какого они ещё
никогда не видели.

"We will soon find our way out of this wilderness," said Hansel.
The children searched the woods for three days. Hungry and tired,
feeding only on berries, at last they lay down under a tree to sleep.
They were awakened by the sweet song of a silver white bird. When the
bird flew off into the forest the children followed, until they reached the
most wonderful house they had ever seen.

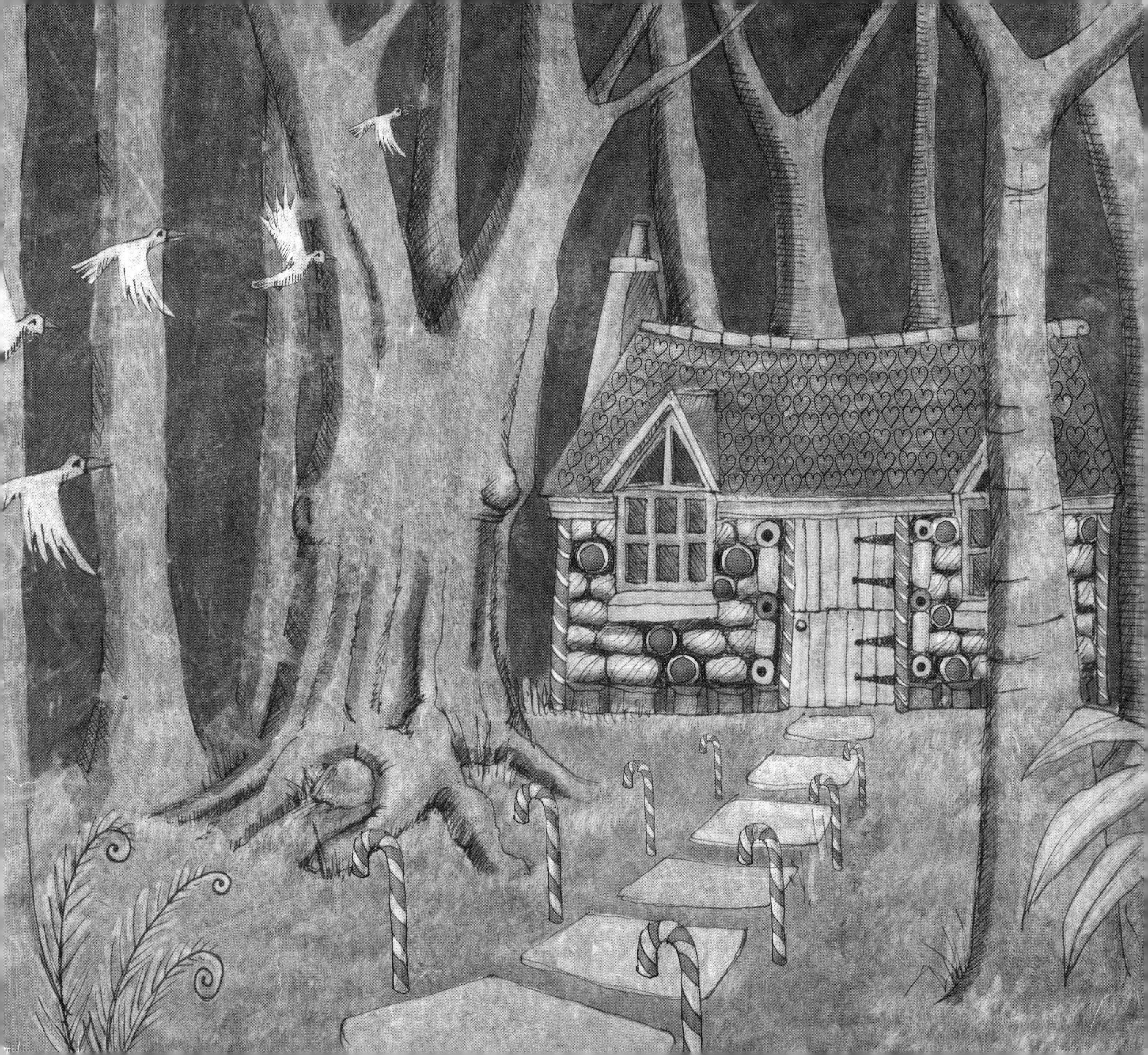

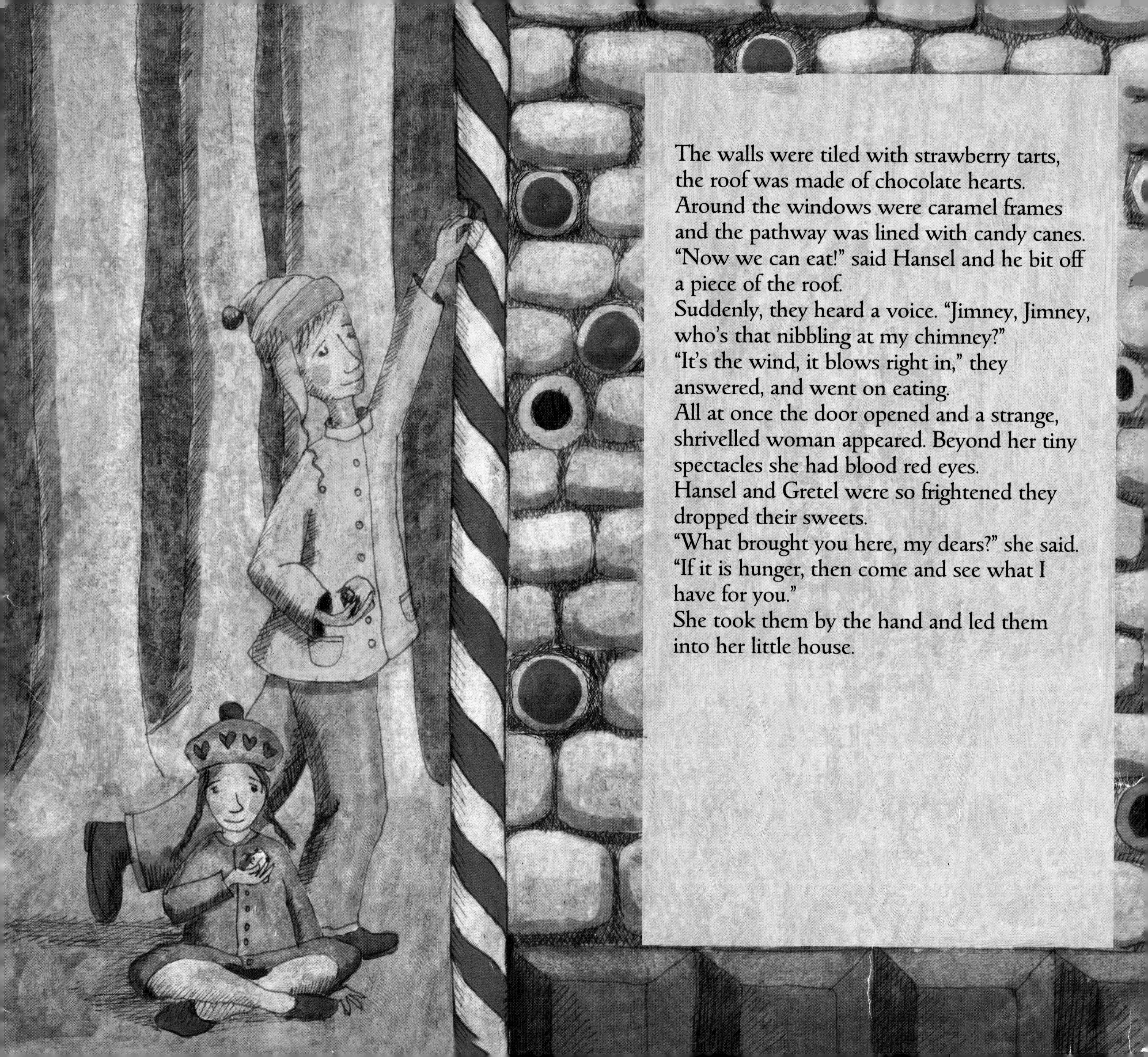

The walls were tiled with strawberry tarts,
the roof was made of chocolate hearts.
Around the windows were caramel frames
and the pathway was lined with candy canes.
"Now we can eat!" said Hansel and he bit off
a piece of the roof.
Suddenly, they heard a voice. "Jimney, Jimney,
who's that nibbling at my chimney?"
"It's the wind, it blows right in," they
answered, and went on eating.
All at once the door opened and a strange,
shrivelled woman appeared. Beyond her tiny
spectacles she had blood red eyes.
Hansel and Gretel were so frightened they
dropped their sweets.
"What brought you here, my dears?" she said.
"If it is hunger, then come and see what I
have for you."
She took them by the hand and led them
into her little house.

Стены были выложены клубничными пирожками, крыша была сделана из шоколадных сердечек.

У окон были карамельные рамы, и вдоль тропинки тянулась изгородь из леденцов.

«Ну, теперь мы наедимся!» - сказал Ганс и откусил кусочек крыши.

Вдруг они услышали чей-то голос: «Слышу, слышу, кто ест мою крышу?»

«Это ветер! Да, да! Он дует сюда», - ответили дети и продолжали есть.

Дверь сразу же отворилась, на пороге появилась отвратительная старуха.

Сквозь стеклышки очков на детей смотрели налитые кровью глаза.

Ганс и Грета от испуга выронили сладости.

«Что привело вас сюда, сладкие вы мои? - спросила она. - Если вы проголодались, тогда заходите и посмотрите, что у меня для вас есть».

Она взяла их за руки и ввела в свой домик.

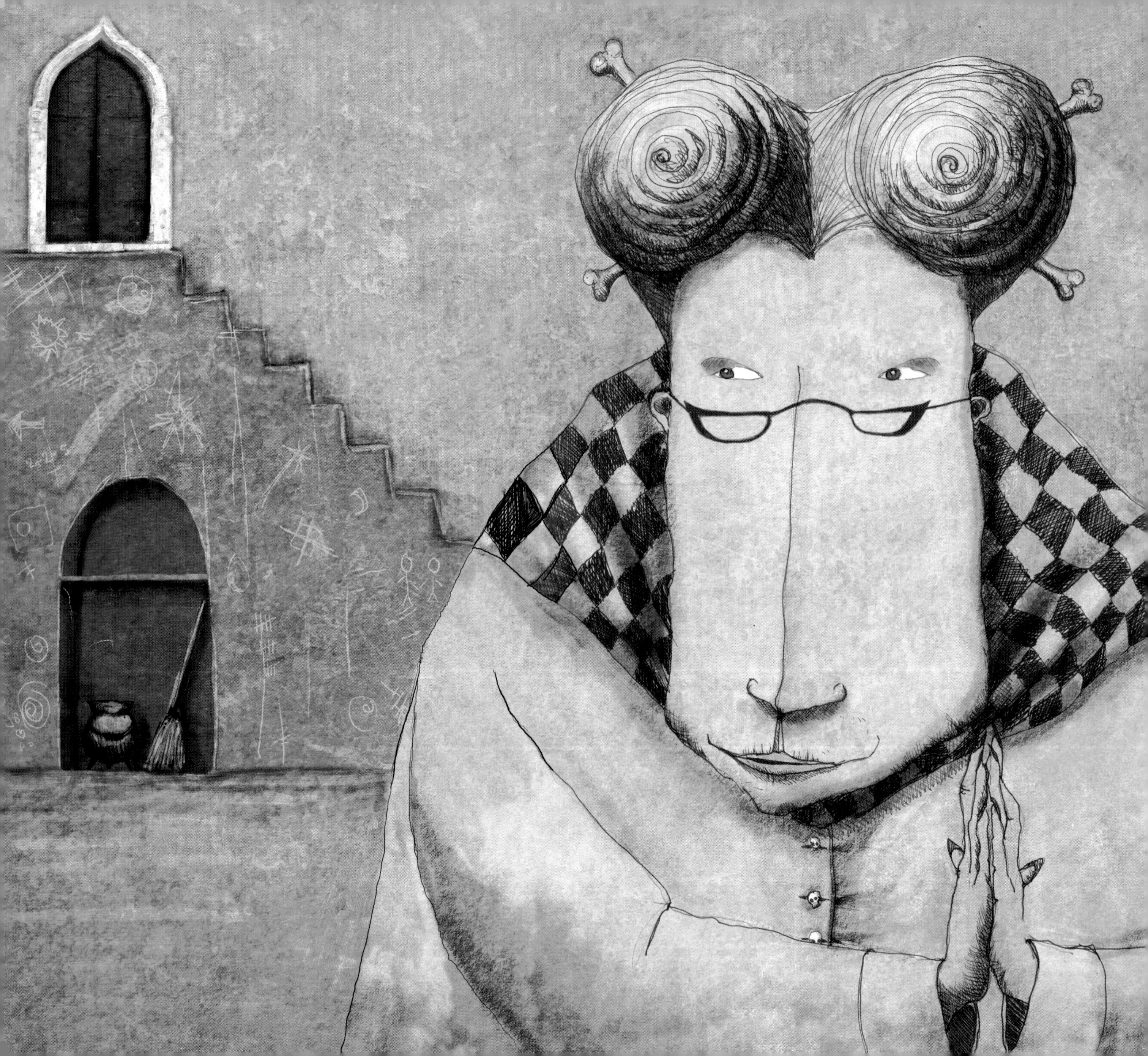

Ганса и Грету накормили всем, чего только может пожелать душа! Яблоками и орехами, молоком и блинами с мёдом.

После они легли в кроватки, застеленные белыми простынями, и уснули блаженным сном.

Пристально посмотрев на них, старуха произнесла: «Сладко спите! Доброй ночи! Но, однако, как вы тощи! Ну, какой мне с вас навар? Ваша жизнь теперь кошмар!»

Отвратительная подслеповатая старуха, которая жила в этом съедобном доме, только притворялась доброй. На самом деле она была злой колдуньей!

Hansel and Gretel were given all good things to eat! Apples and nuts, milk, and pancakes covered in honey.

Afterwards they lay down in two little beds covered with white linen and slept as though they were in heaven.

Peering closely at them, the woman said, "You're both so thin. Dream sweet dreams for now, for tomorrow your nightmares will begin!"

The strange woman with an edible house and poor eyesight had only pretended to be friendly. Really, she was a wicked witch!

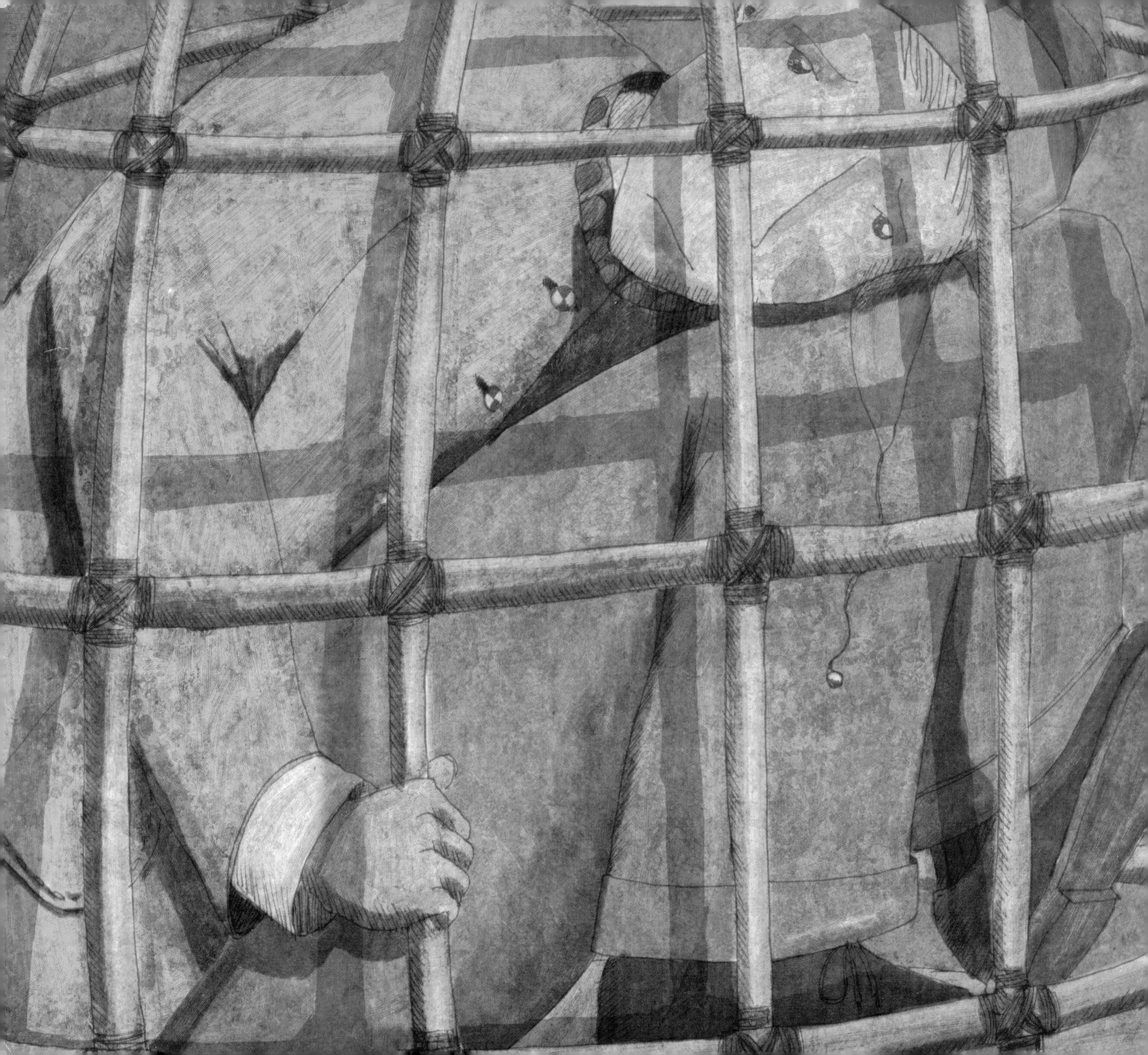

Утром ведьма схватила Ганса и бросила его в клетку. Оказавшись под замком, в ужасе он стал звать на помощь.

Прибежала Грета. «Что ты делаешь с моим братом?» - крикнула она.

Колдунья засмеялась и стала вращать налитыми кровью глазами.

«Я буду откармливать его, чтобы потом съесть, - ответила она.

- И ты поможешь мне в этом, девчонка».

Грета остолбенела от ужаса.

Колдунья послала её работать на кухню, где она должна была готовить сытные обеды для брата.

Но брат не хотел толстеть.

In the morning the evil witch seized Hansel and shoved him
into a cage. Trapped and terrified he screamed for help.
Gretel came running. "What are you doing to my
brother?" she cried.
The witch laughed and rolled her blood red eyes.
"I'm getting him ready to eat," she replied. "And you're
going to help me, young child."
Gretel was horrified.
She was sent to work in the witch's kitchen where
she prepared great helpings of food for her brother.
But her brother refused to get fat.

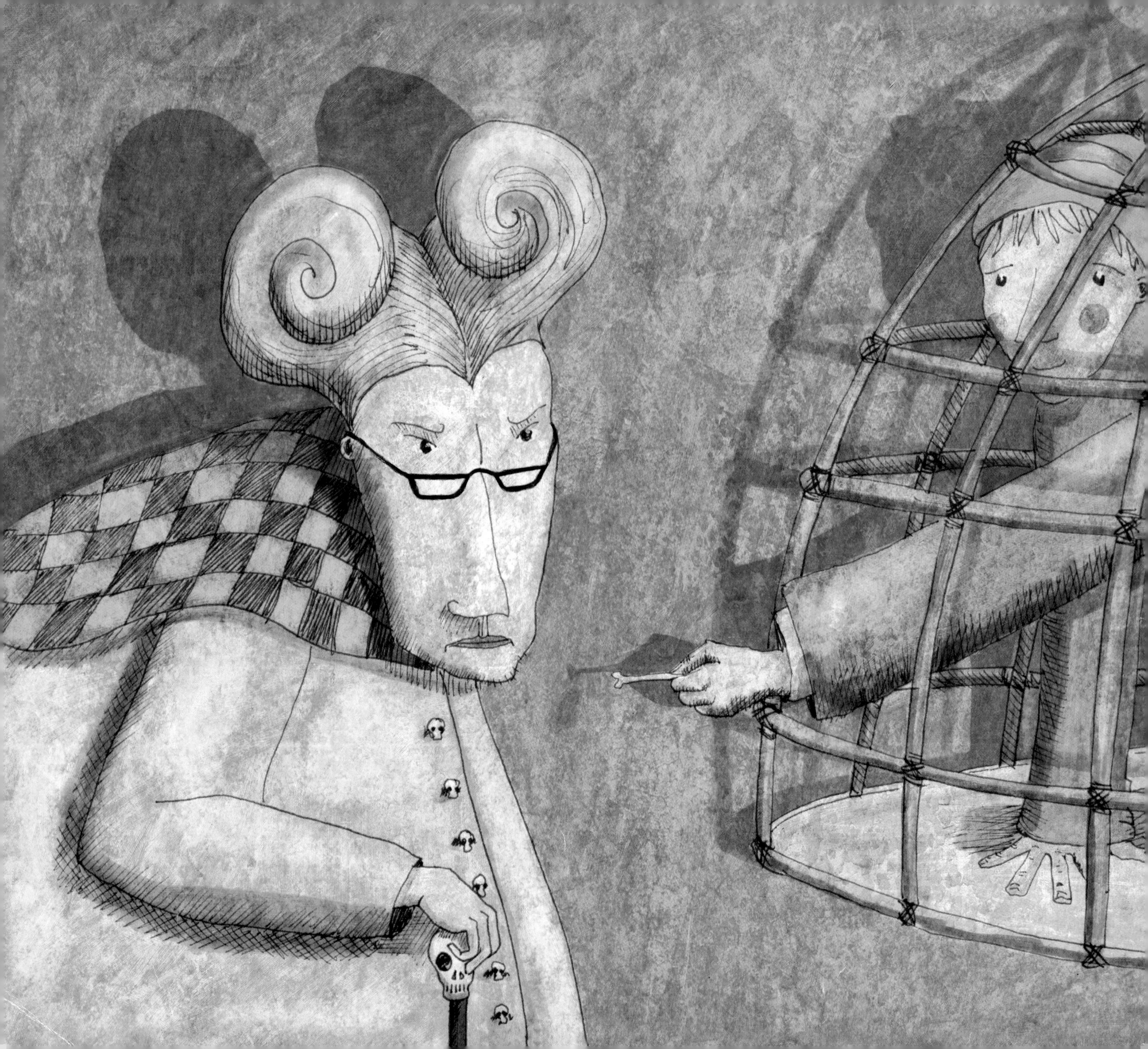

Каждый день навещала колдунья Ганса. «Высунь палец, - приказывала она, - я проверю, растолстел ты или нет!» Но Ганс протягивал ей куриную косточку, которую прятал в кармане.

Так как колдунья была подслеповата, она никак не могла понять, почему мальчишка остаётся таким костлявым.

Через три недели она потеряла терпение.

«Грета, поторапливайся, принеси дров и помоги мне засунуть мальчишку в котёл», - приказала колдунья.

The witch visited Hansel every day. "Stick out your finger," she snapped. "So I can feel how plump you are!"
Hansel poked out a lucky wishbone he'd kept in his pocket.
The witch, who as you know had very poor eyesight, just couldn't understand why the boy stayed boney thin.
After three weeks she lost her patience.
"Gretel, fetch the wood and hurry up, we're going to get that boy in the cooking pot," said the witch.

Грета тянула время, медленно подбрасывая в огонь дрова. Ведьма рассердилась. «Печь уже, наверняка, растоплена. Заберись и проверь, достаточно ли там жарко!» - заорала она. Грета сразу поняла, что задумала колдунья. «Но я не знаю, как туда залезть», - сказала девочка.

«Глупая, глупая девчонка! - гневно взревела колдунья. - Печь большая, видишь, даже я могу поместиться там!» И чтобы доказать это, она сунула свою голову прямо в печь. Не успела колдунья оглянуться, как Грета затолкала её всю в горящую печь. Она закрыла железную дверцу печи на засов и побежала к Гансу с возгласами: «Колдунья сгорела! Колдунья сгорела! Злой колдунье пришёл конец!»

Gretel slowly stoked the fire for the wood-burning oven.
The witch became impatient. "That oven should be ready by now. Get inside and see if it's hot enough!" she screamed.
Gretel knew exactly what the witch had in mind. "I don't know how," she said.
"Idiot, you idiot girl!" the witch ranted. "The door is wide enough, even I can get inside!"
And to prove it she stuck her head right in.
Quick as lightning, Gretel pushed the rest of the witch into the burning oven. She shut and bolted the iron door and ran to Hansel shouting: "The witch is dead! The witch is dead! That's the end of the wicked witch!"

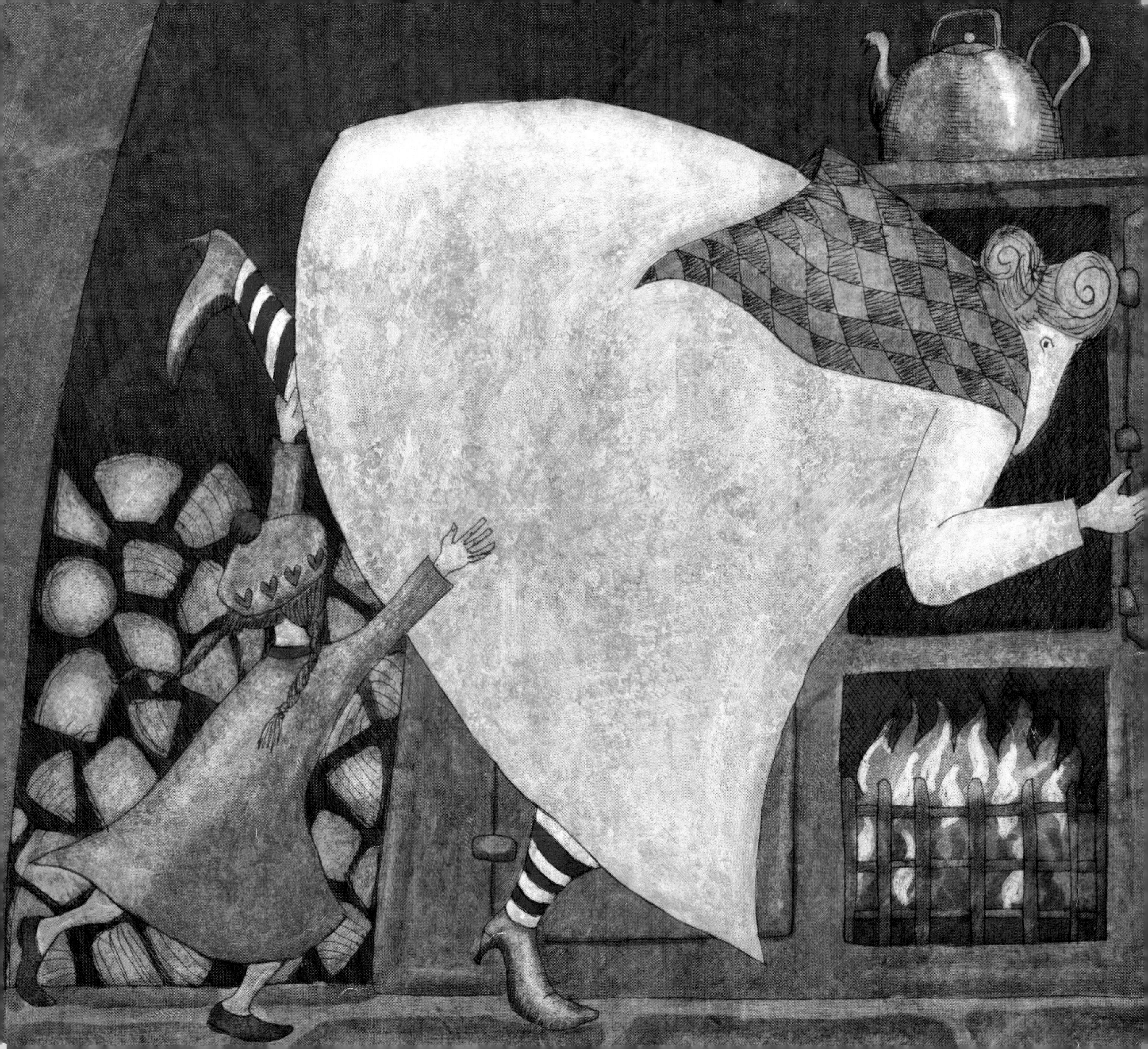

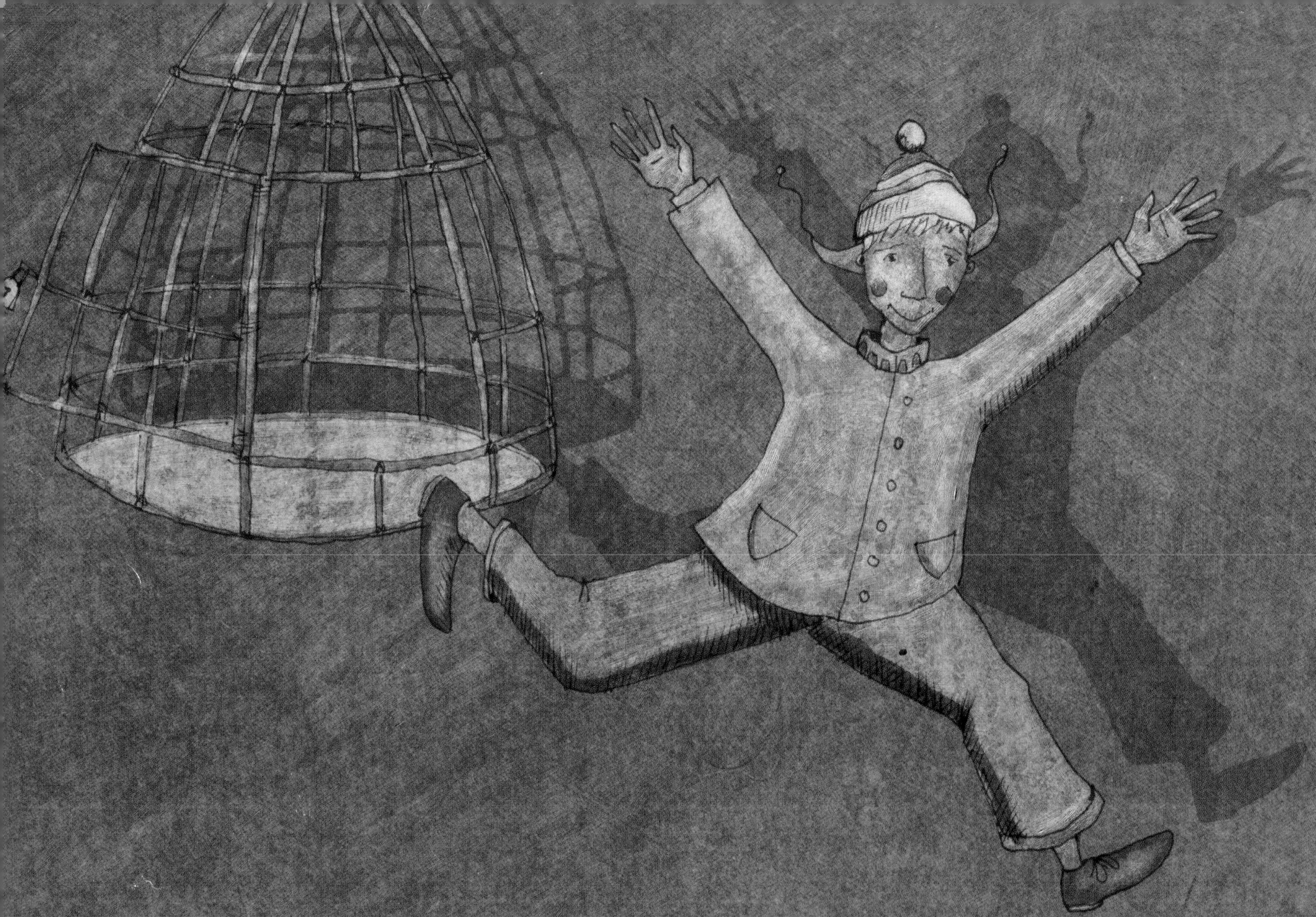

Ганс пулей вылетел из клетки.

Hansel sprang from the cage like a bird in flight.

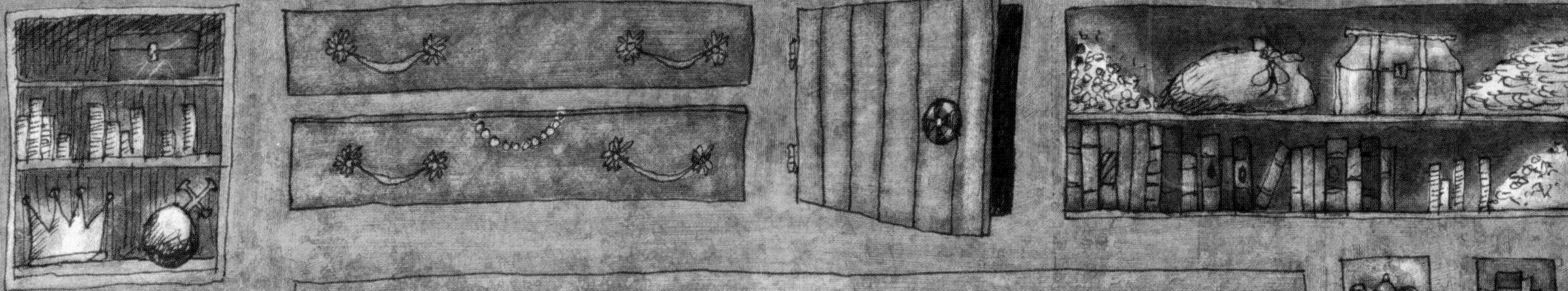

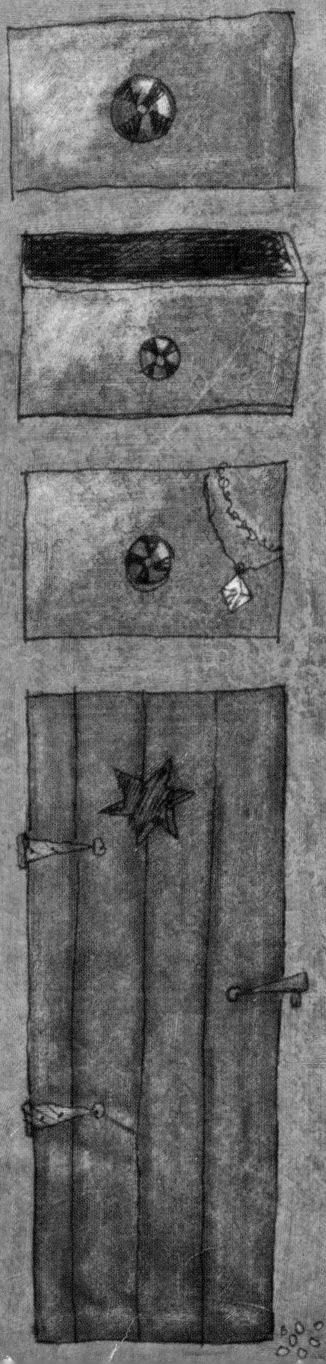

Ганс и Грета обнялись. Они плясали и пели, и прыгали от радости. Они нашли в доме много сундуков, полных жемчуга, изумрудов, рубинов и всяких других сокровищ. Ганс и Грета наполнили ими свои карманы.
«Теперь у нас есть чудесные сокровища, но как же мы выберемся из этого заколдованного леса?» - вздохнула Грета.
«Не беспокойся, вместе мы найдём дорогу», - сказал Ганс.

Hansel and Gretel hugged each other. They danced and sang and ran around with joy. In every corner they found treasure chests filled with pearls, emeralds, rubies and all kinds of worldly precious things. Hansel and Gretel filled their pockets to overflowing.
"We have wondrous treasures, but how do we escape from the wild wood?" sighed Gretel.
"Don't worry, together we will find our way home," said Hansel.

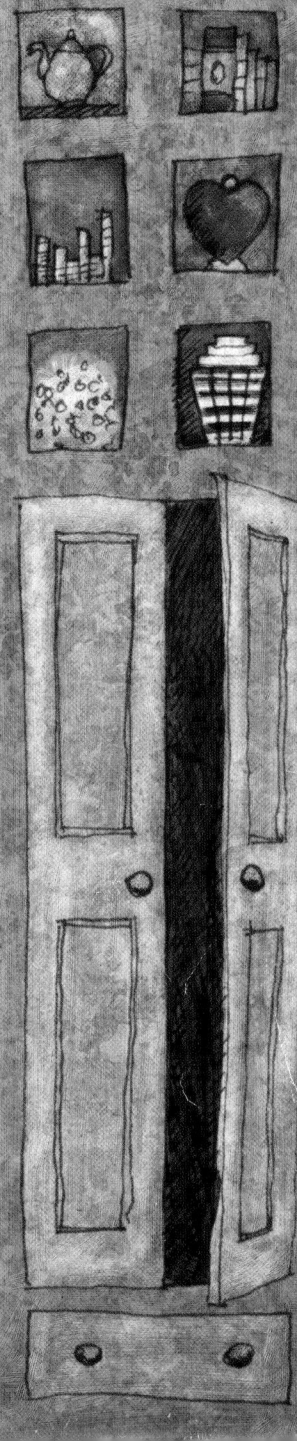

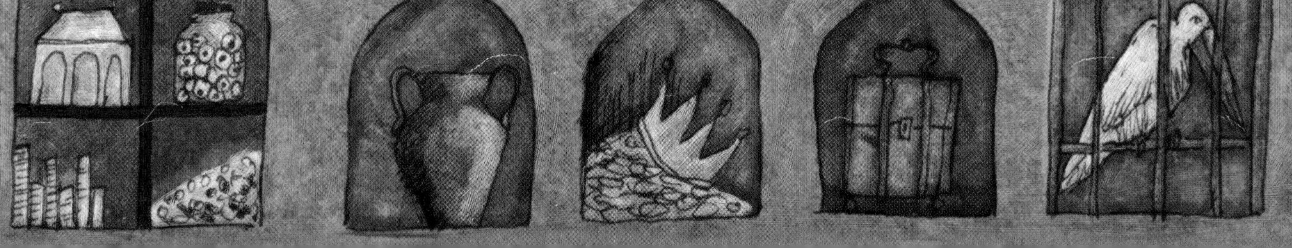

Часа через три они вышли к реке.

«Мы не можем перебраться на другую сторону, - сказал Ганс. - Здесь нет ни лодки, ни моста, только чистая синяя вода».

«Посмотри! Вон там по волнам плывёт белоснежная утка. - сказала Грета. - Может, она поможет нам».

И вместе они запели: «Уточка, погляди: вода глубока, река широка. Умоляем, помоги!»
Утка подплыла к ним и по очереди перевезла их на тот берег.
На другой стороне реки места были им уже знакомы.

After three hours they came upon a stretch of water.
"We cannot cross," said Hansel. "There's no boat, no bridge, just clear blue water."
"Look! Over the ripples, a pure white duck is sailing," said Gretel. "Maybe she can help us."
Together they sang: "Little duck whose white wings glisten, please listen.
The water is deep, the water is wide, could you carry us across to the other side?"
The duck swam towards them and carried first Hansel and then Gretel safely across the water.
On the other side they met a familiar world.

В конце концов, они нашли дорогу к родному дому.
«Мы пришли домой!» - закричали дети.
На лице отца засияла улыбка. «С тех пор как вы ушли, я не находил себе места от горя, - сказал он.
- Я искал вас повсюду...»

Step by step, they found their way back to the woodcutter's cottage.
"We're home!" the children shouted.
Their father beamed from ear to ear. "I haven't spent one happy moment since you've been gone," he said.
"I searched, everywhere..."

«А мать?»

«Она ушла. Когда в дома не осталось ни крошки, она покинула меня, сказав, что никогда не вернётся сюда. Теперь нас только трое».

«И наши сокровища», - воскликнул Ганс, сунул руку в карман и достал белоснежную жемчужину.

«Ну, - вздохнул отец, - кажется, всем нашим бедам пришёл конец!»

"And Mother?"

"She's gone! When there was nothing left to eat she stormed out saying I would never see her again. Now there are just the three of us."

"And our precious gems," said Hansel as he slipped a hand into his pocket and produced a snow white pearl.

"Well," said their father, "it seems all our problems are at an end!"